허다엘 제5시집

하늘빛 평화 담은
소녀

하늘빛 평화 담은 소녀

ⓒ 허다엘, 2023

초판 1쇄 발행 2023년 9월 20일

지은이   허다엘
펴낸이   이기봉
편집   좋은땅 편집팀
펴낸곳   도서출판 좋은땅
주소   서울특별시 마포구 양화로12길 26 지월드빌딩 (서교동 395-7)
전화   02)374-8616~7
팩스   02)374-8614
이메일   gworldbook@naver.com
홈페이지   www.g-world.co.kr

ISBN   979-11-388-2325-8 (03810)

허다엘 제5시집

하늘빛 평화 담은
소녀

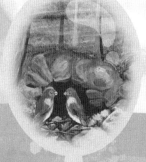

좋은땅

평화

어린 시절
아빠에게 들은 이야기가 있어요

어떤 미술 대회에서
'평화'를 주제로
그림을 그리라고 했대요

2등은
비 온 뒤 무지개가 뜨고
화창한 봄날을
그림으로 표현했지요

그런데 1등은,
비바람이 치는 숲속에서
한 쌍의 새가
바위 틈새에서
비를 피하는 풍경을

그렸더래요

진정한 평화란

그런 것이었던 거죠

모든 것이 평온해서가 아닌,

폭풍 속에서도 짝과 함께

비를 피할 수 있는

작은 그늘과 사랑!!

* 그 이야기가 너무 인상 깊어서,

　그 내용을 제가 직접 유화로 그려서

　겉표지 책날개 그림으로 선정해 보았어요

안녕하세요? 허다엘입니다.

지난 몇 년간 우리를 그렇게도 힘들게 하고 괴롭히던 코로나가 거의 끝이 났습니다. 제가 첫 시집을 발행할 때만 하더라도 사람들이 마스크를 구하지 못해서 발을 동동 구르며 불안에 떨었었고, 서너 번째 시집을 발행할 때만 하더라도 지하철에서 누군가가 마스크를 제대로 쓰고 있지 않았다면 사람들이 눈에 쌍심지를 켜고는 훈계를 하곤 하였지요. 그런데 이 무더운 여름날, 이제는 마스크를 벗고서 외출을 할 수가 있고 지하철에서 마스크를 쓰지 않아도 나무라는 사람이 없으니 얼마나 자유롭고도 감사한지 모르겠습니다.

그러나 좋은 일만 있었던 것은 아니지요. 얼마 전 모 초등학교에서 새내기 초등학교 교사가 과중한 업무와 학부모들의 압력을 견디지 못하고 자살하는 사건이 있었습니다. 돌아가신 저의 아버지께서 살아생전 교직에 계셨기에 남 일 같지가 않았어요. 떨어진 교권과 실추된 교사들의 명예를 보면서 저는 안타까움과 함께 또 한 번 시대적 무기력감과 분노를 느낄 수밖에 없었습니다. 과거, 정의를 부르짖던 젊은 시절의 제 모습은 어디론가 사라지고 무기력한 모습으로 현시대를 수수방관하고 있는 저를 돌아보게 되었지요.

거대한 시대적 모순 앞에서 작고 연약한 한 명의 소시민으로 돌아간 제가 또 한 번의 용기를 내어 보게 되었습니다. 바로 제가 그동안 보고 느끼고 목격했던 시대적 모순들을 책으로 엮어 내게 된 것입니다. 그래서 제1부는 '모순과 만남'이라는 제목으로 제가 겪었던 시대적 모순들을 글 속에 녹여 내어 담아 보게 되었습니다. 저는 지난 20년간 보이지 않는 권력과의 전쟁을 계속해서 해 왔습니다. 본 시집에 담긴 시들은, 그 어떤 특정 인물을 지칭하거나 직설적으로 비난하지는 않지만, 제가 가진 저만의 시의 언어로 표현하게 된 시대 고발적 시들이라고 할 수 있겠습니다. 읽으시며 이것이 무엇에 관한 글이구나 알아채실 수 있는 분들도 있고 아직 무슨 이야기인지 감지하지 못하시는 분들도 있으시게 될 겁니다. 그러나 아주 소수의 사람만이라도 그것이 무엇을 함축하고 있는지 느끼시고 함께 분노하실 수 있다면, 안타까운 마음으로 공감하실 수 있다면 저는 그것으로 족할 것 같습니다.

제2부 '치유와 만남'은, 제1부와 제3부를 연결시켜 주고 완충시켜 주는 쿠션과도 같은 치유적 시들입니다. 저는 하나님

이 아니었다면 벌써 자살했을지도 모를 사람입니다. 그러나 저에게는 십여 년 전 저에게 찾아오신 라파엘 성령님이 계셨지요. 제2부는 라파엘 성령님과의 만남과 여정을 담아 보았습니다. '모순과 만남'을 통하여 분노하셨던 분들도 2부의 '치유와 만남'을 통하여서는 마음이 정화되는 것을 경험하실 수 있으실 겁니다. 저에게 찾아오셨던 성령님께서 여러분에게도 동일한 은혜로 찾아와 주시기를 기도드립니다.

제3부는 '일상과 만남'을 주제로 담아 보았습니다. 시집을 출간하는 지난 몇 년간, 직장 생활도 제법 경험해 보게 되었지요. 또한 그러는 가운데서도 틈틈이 시를 적는 일을 중단하지는 않았습니다. 그 결과, 회사 생활을 통해서 느꼈던 생각들, 혹은 산책을 하면서 느꼈던 생각들, 그 외의 일상을 경험하면서 느꼈던 생각들 등등 다양한 생각들을 글로 남길 수가 있었는데요. 앞서, 모순에 관한 글을 가장 먼저 내세우고선 이러한 평화로운 일상들을 풀어낸다는 것이 오히려 더 모순이 아닐까… 하고 생각하시는 분들도 있으실지 모르겠습니다.

그런데, 여기서 제가 서두 시에 썼던 글에 대한 부연 설명을 좀 해 볼까 합니다. 이것은 돌아가신 제 아버지께 들은 이야기이기 때문에 픽션인지 아닌지는 저도 잘 모르겠습니다.

하늘빛 평화 담은 소녀

하지만 그 일화가 주는 의미가 크다고 생각합니다.

2등은, 그야말로 오색찬란할 꽃길을 연출하여서 그림으로 표현하였지요. 색색깔 꽃들, 일곱 빛깔 무지개, 찬란한 햇살. 맞습니다. 그런 모습도 평화입니다. 그러나 1등으로 당선된 그림이 우리에게는 더 현실적일 것입니다. 주변은 다 비바람이 치고 있지요. 그러나 그 비바람 속에서도 한 쌍의 새는 서로 사랑을 나누며 그들만의 온기로써 그 큰 비바람을 작은 돌 틈새에서 피하고 있었지요.

앞으로도 세상은 계속해서 부조리한 일들로 넘쳐날 것입니다. 완벽한 세상, 유토피아는 천국에서나 가능하겠지요. 그러나 그 부조리한 세상의 틈바구니 속에서도 자신만의 안식처와 평화를 찾아 누리는 것이 현실 속 진정한 평화가 아닐는지요. 기왕이면 그것이 사랑하는 사람과 함께라면 더할 나위 없이 좋고요.

그 마음으로 본 시집의 표지 중 일부를 제가 직접 그려 보았습니다. (전체 그림은 책날개에 수록되어 있습니다.) 인터넷으로 새들의 사진 이미지를 찾고, 바위 이미지도 찾고, 나무 이미지도 찾아가면서 직접 제가 제작한 그림이지요. 그렇기에, 고운 빛깔의 예쁜 그림이라기보다는 다소 투박하고 거친 그림이지만 제게는 의미가 있는 그림입니다.

지난 몇 년간 시 쓰는 이외에도 유화로 그림을 그리는 새로운 취미가 생겼습니다. 그림을 그린다는 것은, 시를 쓰는 것과는 또 다른 색채의 즐거움과 보람이 있었지요. 앞으로 발간하게 될 제6 시집에서도 제가 직접 그린 그림을 표지로 일부 활용해 볼까 생각 중인데요, 제6 시집도 기대해 주셔도 좋을 것 같습니다.

벌써 제 나이가 40대가 되었습니다. 이제 '소녀'라는 말을 쓰기에는 좀 부끄러울 나이기는 하지만 마음만큼은 언제나 동심의 세계로 돌아가 소녀이고 싶은 허다엘입니다. 모쪼록 읽으시는 5 시집도 즐거운 여행 되시기를 바라며…!! 저는 이만 물러가겠습니다.

2023년의 어느 여름날,
가을의 문턱에 들어서며
허다엘 올림

누에의 입을 통해 찬란한 명주가 나오듯 허다엘 시인의 심령을 통해 영롱한 예술이 나온다. 그가 사용하는 아버지란 단어에서 지구의 무게, 모양, 중압감을 느낀다. 그가 사용하는 사랑이란 단어에서는 알파와 오메가를 느낀다. 즉 달콤한 면만 아니라 아픔도 담아낸다. 그가 사용하는 하나님 이름에서는 엄마 품에 안기는 아이의 자기 던짐이 있다. 허다엘 시인은 삶을 서치하는 것이 아니라 껍질을 벗긴다. 허다엘 시인은 신앙으로, 예술로 일그러진 실낙원을 낙원으로 승화시킨다. 그러기에 음미하고 또 음미할 언어요. 예술이다.

이 시대의 한 현상이기를 바라지만 사회는 사람을 이분화하고 흑백의 논리 속에 정치의 노예화한다. 영혼을 지키는 도구가 필요하다. 절대적 진리는 "경우에 합당한 말은 아로새긴 은쟁반에 금사과니라."(잠25:11)라고 지혜를 말씀한다. 있는 대로 말하고 신앙으로 수술하는 허다엘 시인의 시에는 깊은 치유가 있다. 영혼의 회복이 있다.

누군가를 향해 추천을 하려니 기대가 찬다. 허다엘 시인이 승화시킨 삶을 함께 승화시켰으면 좋겠다.

광양 행복의교회 시무 해남 땅끝마을에서

전대성 목사

·목차·

서두 시 · 4

작가의 말 · 6

추천사 · 11

제1부

모순과 만남

트롤 마을 이야기 · 18

성냥 한 개비 · 21

검은 악취(미)가 태어날 때… · 24

이브의 유혹 · 26

독 사과 · 27

저녁노을 · 28

조각배와 달빛 · 29

아가미 · 30

플라타너스 · 32

관음증 · 35

십자수 · 37

친절한 모독 · 40
—Kind insult

나그네 ·42

비수 ·44

응급실 ·46

조각배 ·49

내 이룰 수 없었던 사랑에 고함 ·51

슬픈 비의 변주곡 ·52

망각과 기억 ·56

영혼의 일광욕 ·58

밤송이 ·60

마음의 파문 ·62

내가 할 수 있는 일 ·67

내가 할 수 없는 일 ·70

언제 오십니까… ·72

사랑과 공의 ·75

공존 ·77

너무, 나무 ·81

물과 불 ·82

제2부

치유와 만남

꿈 이야기 · 88

라파엘 · 90

여호와 라파 · 94

증명 · 97

사흘 만에 · 100

제사 · 103

가야금 · 105

하늘 문 · 107

오늘의 기도문 · 110

마음의 선물 · 113

햇살 한 줌 · 115

꽃샘추위 · 117

잎새 하나, 큰 믿음 · 121

희망이란 · 124

미완료 시제 · 126

하나님의 눈물 · 129

때를 위한 기도문 · 131

그때 그 시절에 대한, 그분의 응답 · 134

제3부

일상과 만남

반짝이는 시간들, 시간의 별꽃 · 138

오늘 하루 · 140

산다는 것의 역동성 · 142

새 직장 적응기 · 144

낭만과 열정 사이 · 147

풍성한 삶 · 150

아버지와 새벽 약수터 · 152

새벽빛 벚꽃 · 156

개미와 베짱이 · 158

새벽 단상 · 162

빗방울의 여행 · 165

언어의 집 · 167

손톱 밑의 가시 · 170

고장 난 몸속 영혼 · 172

곰팡이 · 175

검은 밤하늘, 별 · 178

아파트의 별들 · 180

이사 가는 날 · 183

어머니의 봄 · 185

하얀 우유 · 187

개똥 · 188

파랑새 · 190

숨은 마음의 온기 찾기 · 193

태피드폴론 · 196

계단 길 · 199

시상 · 201

제1부

모순과 만남

트롤 마을 이야기

옛날에 참 아름다운 동화책을 본 적이 있었어

물론 아주 아름다운 그림과 함께였지~

아주 먼 옛날에

트롤(거인)들이 사는 마을이 있었어

비록 머리는 돌이었고 바보 같았지만

그들은 행복했지

그들은 하루 종일 뛰어놀았고 낮잠을 자고

한가롭게 평화롭게 살고 있었어

트롤들의 왕과 그의 부인은

트롤들을 행복하게 해 주었단다

그런데 어느 날 트롤들의 왕이 어느 동굴에 갔다가 신비한 능력을 받게 된 거야

그것은 바로…, 외우는 족족 머릿속에 다 입력이 되는 아주 아주 신비로운 능력이었지

이걸 받은 왕은 트롤들의 마을로 돌아와서는

트롤들에게 앞으로는 많은 양의 책들을

암기하라고 시켰더랬어

이제 트롤 대왕은 트롤 마을을 똑똑하게 만들고 싶은 욕심이 생긴 거야

자기가 그런 능력이 생기니까

남들도 다 그런 줄로만 알았던 거지

그때부터 트롤 마을은 여기저기서 외우는 소리들로 가득 찼어

어른들로부터 아이들까지…!!

더 이상 웃고 떠드는 소리는 들리지 않았어

낮잠을 즐기는 사람들…

아니, 트롤들도 없게 되었지

아이들은 울음을 터뜨렸어

어른들도 불만이 쌓여 갔지

왜냐하면 그들은 원래 머리가 나빴거든

결국 트롤 대왕의 부인은 트롤 대왕을 설득했어

(물론, 트롤 대왕의 부인도 머리가 나빴어…)

그 능력을 사라지게 해 달라고…

다시 동굴로 가서 그 능력을 거둬 가게 해 달라고 전능한 신께 빌라고…

그래서 트롤 대왕은 다시 동굴로 갔어

그리고 신께서는 그 능력을 거둬 가셨지

다시 트롤들의 마을에는 평화가 찾아왔어

아이들은 다시 웃고 떠들었고…,

어른들은 그런 아이들을 지켜보면서 행복해했어

다시금 돌머리가 된 트롤 대왕은 부인과 함께

다시 평화롭게 그리고 한가롭게 낮잠을 즐기게 되었더래…

* 이게 내가 아는 이야기의 전부야

  그런데 오늘날 트롤 대왕은 과연 누구일까…!?

하늘빛 평화 담은 소녀

성냥 한 개비

성냥팔이 소녀가
성냥 한 개비를 긋는다
맛있는 식탁이 차려진
따뜻한 가정집

성냥불이 꺼짐과 동시에
사라진다
그 환영은…

성냥팔이 소녀가
또 성냥 한 개비를 긋는다
커다란 크리스마스트리와
잔뜩 쌓인 선물들

성냥불이 꺼짐과 동시에
사라진다
그 환영 역시도…

마지막으로 그은
성냥 한 개비
돌아가신 인자하신
할머니가 나타난다

성냥팔이 소녀는
하늘로 올라간다
할머니와 함께⋯
천국으로 간다

한 개비 한 개비
그을 때마다 나타나는
환영들
그러나 꿈처럼
사라지는 모든 것들

마지막 성냥 한 개비

하늘빛 평화 담은 소녀

내게 남은 마지막

성냥 한 개비는

무엇이었을까?

그리고 그것을 그었을 때,

과연 무엇이 보일까?

검은 악취(미)가 태어날 때…

손이 곱고 여린 소년

선이 곱고 여린 소녀

선과 손이 만나

무엇이든 긋고 긋고 또 그어 보다

성냥개비 한 개비 쥐고는

불장난 같은 사랑을 시작했겠지

불은 타오를 거야

그러나 꺼지지 않는다면

태워 버리겠지

불을 끄고 싶니

소년이여

아님, 날름거리는 화마의

혓바닥을 느껴 보고 싶은 거니

소녀여

나는 그 둘에게 물었어

이내 그 둘을

태워 없애 버린 재 덩어리 속에서

피어오른 검은 꽃 한 송이에게

나는 물 한 방울 적셔 주었어

지옥의 물 한 방울

되지는 않기를 바라며!!

이브의 유혹

그녀의 유방에서부터

탐스러운 열매를 쟁취한다

달콤한 즙이 줄줄 흐른다

금단의 열매!

그것을 살며시 입가에 가져다 댄다

태곳적 에덴의 동산에서부터 있었다던

금단의 열매!

금지된 것을 따 먹는다는 것은

얼마나 달콤한 큰 유혹이던가!

이브와 함께 잠이 든다

악마와 함께 추락한다

그러나, 나는 너를 가졌다

저 멀리서

〈밤의 여왕의 아리아〉가 들려온다

하늘빛 평화 담은 소녀

독 사과

크고 붉은 사과를 주웠는데

엄마한테 가져다주었더니

그거 독 사과라고 해서

안 먹고 버렸어

주변에 크고 붉은 사과 몇 알이

널부러진 채

길바닥을 굴러다니는 게

보였어

다 안 먹고 버려졌어

독버섯 같은 독 사과

아름답고 크고 훌륭하지만

먹을 수 없었던 사과들

* 꿈 이야기를 글로 기록함

저녁노을

금 자락 붉은 햇빛에 떠밀려

붉은 꽃잎들이 물결에 둥둥

떠내려온다

어느 고대 전사들의

선혈한 피 뿌림인가

붉은 핏방울들이 물결 위에

낭자하다

햇빛도 꽃잎도 핏빛으로

붉게 붉게 물들어 간다

어느 저녁볕 석양 물가

* 꿈에서 강가에 붉은 꽃잎이 흩뿌려져 있는 것을 보고선, 꿈속에서 지은 시

조각배와 달빛

인적이 드문 호숫가

달빛이라는 그물에 걸린

조각배 한 척은

오늘도 망망대해를 꿈꾼다

표류하는 듯 표류하지 않는

그의 갈림길

한 치의 앞도 알 수 없으나

오늘도 행복하게 늙어 간다

낚은 이는 없으나

낚인 이는 있는

자연의 풍경

달빛이 낚고

조각배가 낚였도다

* 꿈속 풍경을 보고 깨어나서 완성한 시

아가미

나는 아주 역겨운 세상에서

살고 있었어

아주 매서운 악취가 잔뜩 났었지

매우 춥고도 시렸어

냄새도 너무 났던 것 같아

죽고만 싶었지

숨을 도무지 쉴 수가 없었어

그런데 어느 순간

내게는 아가미가 돋아났어

그 악취 나는 세상을

빠져나오지 않고도

숨을 쉴 수가 있게 된 거야

나는 신이 나서 신나게

구정물 통 같은 그곳을

물장구치면서 헤엄쳐 다녔어

다들 나 같은 줄 알았지

나같이 행복하게 사는 줄로만 알았어

그런데 어느 날 문득

하늘빛 평화 담은 소녀

옆 사람을 자세히 보니

옆의 생물들은

아직 아가미가 없었던 거야

여전히 불행의 늪이었던 거야

그곳이… 아니, 이곳이…

아가미는 나만 가지고 있었던 것이었거든

여전히 나를 부러운 눈길로 쳐다본 채

고통을 호소하고 있었던 거야

죽음의 늪에서 빠져나오길 고대하면서

나 혼자서 첨벙대던 이 시궁창 늪은

그들에게는 여전히 숨을 쉴 수가 없던,

고통의 늪이었다고나 할까

플라타너스

플라타너스,
너는 떨어졌고 짓밟혔다
커다란 너의 잎사귀들은
죄다 우수수 땅에 떨어져
온몸으로 사람들의 발길을
받아 낸다
마치 그것이
너의 숙명이기라도 하듯이
그렇게 너의 죗값을
치르기라도 하듯이

플라타너스,
너의 죄가 무엇이더냐?
비루한 이 땅에 태어난 것이
너의 죄더냐
여름 내내 하늘을 연모한 것이
너의 죄더냐

하늘빛 평화 담은 소녀

만약 그것이 죄라면,

너도나도 죄인이다

우리 모두

하늘을 우러르고

땅을 증인 삼아

고해성사를 해야

마땅하리라

한 번뿐인 너의 생

또 나의 생

이 땅에 태어나

환멸을 이겨 내고

삶을 향하여

죽음을 향하여

진군한다

맺은 것은 풀릴 때가 있고

풀린 것이 맺을 때가 있는 법

너의 죽음은
맺음의 절정!
풀림으로써 맺음을 경험한다

너의 주검 위로
사람들의 발자국이
차곡차곡 포개어진다
그들의 죗값도
하나둘씩 쌓여 간다

먼저 이생과 작별했다고
너무 억울해 말거라
나도 곧 뒤따라갈 터이니
모두가 뒤따를 길일 테니

조금 먼저 가을 하늘 아래
주검을 기꺼이 내어 준 너
어쩌면, 이 가을의
선구자인지도 모를 일이다

하늘빛 평화 담은 소녀

관음증

털어놓고 싶은 욕망과

금기된 언어 사이의 갈등

엿보는 자의 관음증

불협화음의 변주곡

쉽게 쓰여진 언어가 아닌

어렵게 쓰여진 시

언어의 경험치와의 상관관계

상상력과 허구가 아닌

믿음과 진실의 결합

지켜보는 자의 은밀한 관음성과

무대 위의 사람 둘

관중들의 함성 또는 야유

그것을 인지함에도

보여 주어야만 하는 여유

모순은 모순으로 맞서야 하는가

진실에 찔린 채

피를 뿜어내야만 하는가

무방비 상태의 순백

붉은 피에 붉게 물들면

창과 방패의 대결이 아닌

사랑과 사람의 결합 되려나

사랑이 아닌

예리한 언어들의 공격성

난무하다

진실을 찾아내기란

그 안에서 사금 찾기

그럼에도 찾아내야만 하는 진실

그리고 사랑,

하늘빛 평화 담은 소녀

십자수

사람들은 무대 위의

화려함만을 본다

그러나 무대 뒤에선

얼마나 많은 사람들이

가슴 졸이며

자기 순번을 기다리고 있을까

혹여, 대사를 까먹지는 않을까

분장이 번지지는 않았을까

기다리는 배우들

의상과 안무와 분장을

준비했을 여러 스태프들

십자수의 앞면은

보여지는 무대이기에

아름다운 형형색색이

연출된다

그러나 십자수의 뒷면은

얽히고설킨 복잡한

실투성이

더 복잡하고

한층 더 다사다난하다

마치 무대 뒤의

가슴 졸이며 순번 기다리는

배우들마냥

그들의 순번을 짜 주는

스태프들마냥

야단법석이다

인생은 언제나

보여지는 면과

보여지기 전 단계의

인고와 준비 단계

그것이 동시에 존재한다

동전의 양면인 것처럼

사람들은 무대 위의
화려함만을 기억할 것이다
그러나 그 뒤의
수많은 실타래와
얽히고설킨 면면들은
언제나 함께 가리라
누구에게나 그림자가 뒤따르듯이

친절한 모독
—Kind insult

세상에는

친절한 모독이라는 것이

있다

친절한데 진심이 없는 경우가

그러하다

그러한 사람들은

입은 웃고 있지만

눈은 웃고 있지가 않다

입은 말하고 있지만

마음은 말하고 있지를 않는다

그러한 거짓 친절은

때론 사람에게 씻을 수 없는

상처를 안기기도 한다

그것은 친절한 모독의

한 종류이기도 하다

　　　　　　　　하늘빛 평화 담은 소녀

That's kind of

"Kind insult"

나그네

비 내리는 쓸쓸한 저녁
황혼 어스름
한 나그네가 홀로 길을 걸어간다

누구인지 어디로 가는지
아무도 그에게 묻지 않았다

그저, 비만이
그의 축 처진 어깨를 적시고 있을 뿐…

그때 누군가가 그에게 말을 걸었더라면,
그는 그의 인생 전부를
송두리째 그에게 바쳤을는지도 모른다

그러나 비만이
오롯이 그의 걸음걸음의 변주곡이 되어
그의 걸음을 연주하고 있었다

결국 비와 그는 하나가 되었다

비는 그가 되고, 그는 비가 되어
그해 저녁 어스름을
하나의 빗소리로서 열어 가고
있었는지도 모른다

비는,
그의 인생의 유일한 동반자였다

비수

살인자는 미소를 띠고는 다가와
내 등 뒤엔 비수를 꽂는다
그의 입은 웃고 있으나
그의 눈은 웃고 있지 않다
먹잇감을 앞에 두고선
입맛을 다시는 그는
표독스러운 맹수이자 사냥꾼

희생 제물은 살려 달라는
애처로운 눈빛을 보내지만
그의 입은 웃고 있으나
그의 눈은 웃고 있지 않다
먹잇감을 앞에 두고선
입맛을 다시는 그는
표독스러운 맹수이자
능력 있는 사냥꾼

살인자,

그의 입은 미소를 띠고 있었으나

등 뒤에는 비수를 감추고 있었다…

응급실

죽음의 그림자가 머물던
그곳으로 간다
죽음의 그늘이 드리웠던
그 시절로 들어간다

두렵지 않다면 거짓말
난 담대하니 괜찮노라
큰소리친다면, 그 역시도 허세

그러나 내 영혼이
전능자의 품 안에 머물기를
권능자의 그늘 날개 아래 거하기를
향을 피워 기도 올리는
고즈넉한 저녁

지금도 죽어 가고 있는
수많은 응급실의 사람들
육적으로 영적으로

하늘빛 평화 담은 소녀

고통 속에서 신음하고 있는 그들

전능자께서
그의 그늘 안에 품어 주시기를
권능자께서
그의 날개 아래 보호해 주시기를

땅거미가 지고
어둑어둑 깔리는 어스름
그들의 목숨도
사그라들어 간다
희미해져 간다
그들의 영혼의 촛불이
위태위태하게 꺼져 가고 있다

부디
유월절 어린양의 피가
대속해 주시기를

유월절 어린양의 피로써

죽음의 사자가 비껴가기를

죽음이 두렵지 않은 이

이 세상에 어디 있으리!

그러니,

유월절 어린양의 피가

그를 보호해 주시기를

전능자의 품 안에서

참된 안식을 얻기를

기도의 향을 피워 올리는 저녁 밤

하늘빛 평화 담은 소녀

조각배

사랑이라는 이름으로 띄운
작은 조각배 한 조각
망망대해를 항해한다
위태하고도 안쓰러워 보이는
그 환영…

그러나
사랑이라는 이름은
위대하고도 또 위대하다
비록 작아도
파도를 넘을 힘 능히 있으리니
저기 저 등대에
불빛이 비침이라

흔들흔들거리며
바다를 비록 표류해도
흔들리지 않는 등대의
깜빡깜빡 비추이는

한 줄기의 빛

그 빛이 있기에
출항한 항해의 길
위태하고도 위대하다
위대하고도 위태하다

사랑이란 이름으로 띄운,
조각배 하나…

내 이룰 수 없었던 사랑에 고함

가질 수 없는 것이라

더 애틋했던 건지도 모른다

움켜쥘 수 없기에

더 안타까웠는지도 모른다

그 사람,

지금 어디서 무얼 하고 있을까

그저 지금은

마음속에 추억 하나

지나간 사랑 하나

그리고, 애틋함과 그리움 하나

슬픈 비의 변주곡

비가 후드득후드득
떨어진다
빗방울들이
나뭇가지에 부딪혀 후드득
바위에도 부딪혀 후드득

내 양 뺨에도 후드득
흘러내린다
눈물일지 빗물일지 모를
정체불명의 투명한 액상

빗물이라면
하늘이 흘리는 눈물
눈물이라면
내가 흘리는 눈물

어쩌면 하늘의 눈물을
내가 대신 흘리는지도 모를 일

어쩌면 내 눈물을

하늘이 대신 흘리는지도 모를 일

하늘이 운다

나도 운다

눈물비가 볼 위에서 흐른다

땅 위에 흐른다

슬픈 비의 변주곡이 울린다

그나마,

땅이 비를 삼켜서

다행이야…

땅이 피를 삼키는 것은,

더 잔인한 일일 테니까

옛날 옛적,

아벨의 피를 받았던 땅은

그 누구의 제사를

이토록이나 요구하기에

그토록이나 갈망했던가

땅이 물을 받는다

땅이 물을 토해 내기 시작한다

땅이 피를 받았다

땅이 피를 토하기 시작하면

심판이 있으리니

아벨의 피의 소리를 들으셨던

그분께서는

의인들의 소리를 듣고 계신다

성도들의 죽음은

그분이 귀하게 보시는 것이기에…

비는 땅을 북 삼아

톡톡톡 반주를 한다

비는 땅을 발판 삼아

후드득후드득

변주곡을 울렸다

망각과 기억

어제는 어제의 기억으로
흘려보내고
오늘은 오늘의 기억으로
살아간다

기억도 무의식중에
쌓이고 쌓이겠다만
누수 되는 추억이
너무나도 많다

기억도 누수공사를
해야 할까 보다
소중한 추억이
새어 나가지 않도록 말이다

병이 깊다
기억도 깊다
마음도 깊어만 간다

깊은 무의식 어딘가에서

눈물 한 방울이

똑!

영혼의 일광욕

창문을 열어 놓고는
햇빛을 즐긴다
의자에 발을 얹어 놓고는
일광욕을 한다
온몸을 다 벌거벗고는
온몸으로 들어오는
햇빛을 맞이한다

남정네에게는
몹시도 부끄러움을 타는
나도, 햇빛에게는
아무런 거리낄 것도
부끄러울 것도 없다

빛의 알갱이가
내 몸 구석구석을
훑는 것을 즐길 뿐이다

햇빛 같은 사람을

만나고 싶다

그 누군가에게는

나의 치부를

드러낸다 하여도

내 자신이

부끄럽거나 거리낄 것이

전혀 없도록

햇빛처럼

서로를 애무하며

달래 주어도

따사로움만 느껴지도록

* 햇빛과 함께 영혼의 일광욕을 즐기는 아침이다!!

밤송이

겉은 날이 선 가시들
뾰족뾰족 외부를
찌를 준비 되어 있다

속껍질은 매끄럽다
한 겹 더 벗기면
부드러운 속살 나온다

나를 보호하고 있던
가시의 갑옷
세상을 향한 방어

나로서는 최선의 방어
최대의 방어였지만
누군가에 의해
속절없이 벗겨진다

나의 방어기제는

나약한 가시들뿐

최고의 방어로

날을 세워 보지만

그 누군가는

나를 알아보고는

나의 껍질을 벗겨 내곤

속살을 찾아낸다

그 누군가가

기왕이면 선한 이였으면

좋겠다

먹혀진다 하더라도

눈물이 아깝지 않도록

마음의 파문

고요했던 마음에
파문이 인다
누가 던진 돌멩이 하나에
일렁이는 수면 위
잔잔했던 물의 겉 표면이
일그러진다

그럴 때
내 힘으론
물의 움직임을 막을 수가
없다
조용히 잔잔해지기를
기다리는 수밖에

마음의 파문 역시도
동심원을 그리면서
번져 나간다
커져 나간다

허나 시간이 지나면

움직이던 물결도

이내 잔잔해진다

나의 미처 자라지 못한

어린 마음. 동심을

가만히 들여다본다

지켜 주기 위하여서는

가만히 기다리는 수밖에

동심원을 그리던 물결은

이내 평정심을 되찾고

다행히도 파문은

추문으로 확장되는 일이

없었다

외부 세계로부터의 추방,

한때 그것은

교황청으로부터 파문당한

혁명가 마틴 루터마냥

결연한 의지와 혁명 투지를

불러일으키기도 했었다

그러나 이제는 불혹의 나이

나도 나이를 먹으면서

깨달은 것일까

아니면 지친 것일까

내 힘으로 안 되는 일들은

물 흘려보내듯이

흘려보내고 만다

그 많은 물들을

다 움켜쥘 필요는 없었다

그저 나의 때를 벗기면 그뿐

마음의 파문을

다스리지 못한다면

영혼, 그 평화의 집

문지기 자리에서

파문을 당하고 말리라

그러니 이제는

파문당하는 일 또한

없을 것이다

홀로 선 인생

나는

그 삶마저도 즐길 수 있기에

외부로부터의 파문이

마음 안식의 파문으로까지

확산되지는 못하리라

그저 마음에 일렁이는 파문

잔잔해지기를 기다리면

이내 찾아드는 기쁨과 고요

그리고 평정심

누군가는 또 내 마음에
돌 하나 던지겠거니
그러나 잔잔하고 깊은 호수일수록
돌멩이 한 개쯤,
받아들이고 다시 잔잔해진다

하늘빛 평화 담은 소녀

내가 할 수 있는 일

저물어 가는 석양을
바라보면서
내가 할 수 있는 일은

한 편의 시를 쓰는 것
카페에 앉아
차 한 잔을 홀짝이면서
저녁노을을 음미하는 것
그 음미함을
나의 영혼에 담아내는 것

너를 위한 한 편의 기도
멀리 떨어져 있는
만나지 못할 너를 향한
나의 마음
가지런히 정돈하면서
그 그리움 곱게 빚어내는 것

그 빛은 마음

하늘 향해 곱게 올려 보내는 것

나의 시가, 나의 기도가

하늘의 올라간 빛 되어

어두웠던 너의 마음

비추게 되기를

염원해 보는 것

몸은 머나먼 타지에 있어도

영혼은 바로 내 곁에

바로 이 곁에서

머무르는 하나의 빛 되기를

갈망해 보는 것

영혼의 오로라라는 것이 있다면

그것의 신비한 빛을

보게 되기를 소원하는 것

할 수 없는 일 많은 내가

하늘빛 평화 담은 소녀

할 수 있는 것들

해야만 하는 일들

저물어 가는 황혼 녘에

저녁볕 받아

곱게 물든 길가에

너를 향한 엽서 하나 흘리면서

내가 할 수 없는 일

네 팔에 안겨

목 놓아 우는 것

그간 보고 싶었다고

왜 이제서야 왔냐고

네가 미웠다고 때리고

네가 그리웠다고

어리광 부려 보는 것

너와 미래를 그리는 일

너와 함께할 미래를

꿈꾸는 대신에

끊임없이 과거의 늪에

빠져 사는 것

그 현실을 직면하면서

한숨 쉬며 눈물짓는 일

그러함에도

그 일상에서 빠져나오지

못하는 것

달콤한 입맞춤도

토끼 같은 자식들도

그림 같은 집도

꿈꿀 수 없는 일

그리고 그저 혼자서

오도카니 하루하루를

견뎌 내는 것

버티고 또 버티는 것

그것이 나의 한계

내가 할 수 없는

수많은 일들…

언제 오십니까…

꽃이 피는 계절이 왔는데
님은 언제 오십니까
하늘의 새들은
쌍쌍이 어울려 우짖고 있는데
떠나간 님은 언제쯤 오십니까

봄이 찾아오면 오신다더니요
엄동설한 겨울 떠나가신 님은
봄이 몇 번이나 바뀌고
겨울이 몇 번이나 돌아오도록
아직도 소식조차 없으십니다 그려

하늘도
기다림의 눈물을 아는지
꽃샘추위 바람
매섭습네다

사랑하는 것은

하늘빛 평화 담은 소녀

사랑받는 일보다

행복하다 하지마는

사랑하다 항복하는 일도

더러더러 많더이다

꽃이 피고 새는 우짖는데

사랑하는 님은

언제쯤이나 오십니까?

애꿎은 꽃샘바람만 탓하며

오늘도 기다림에 겨워

눈물짓습니다

사랑하는 것은

사랑받는 것보다

행복하더라고

뉘님이 그러셨다마는

나는 사랑에 겨워

사랑에 항복합니다

그리움에

내가 사무치도록 가여워

사랑에 항상 항복합니다

이제는, 사랑에 겨워

행복하고픕니다

기다림에 겨워

가여워 지친 영혼 쉬도록

사랑에 겨워

눈물 시리도록

행복하고팠습네다

＊ 오늘은 조선 시대 여인네의 감성을 물씬 실어서

　　기다림에 관한 시를 써 보았어요

　　바람이 몹시도 차네요…

사랑과 공의

책 냄새 풀풀 나는
신대원 기숙사 도서관에서
나는 책 내음 베개 삼아
시를 몇 자 끄적인다

나를 쫓아내었던 신대원 기숙사
문제아들은 배격당하던 그곳
교수들은 문제아들을 보내면서
혀를 끌끌 차시었네

문제아들은 그럼에도 불구하고
자기들도 구제받기를 바랐고
교수들은 내가 자기들 편
들어주기를 내심 바라더이다

젊고 어린 시절의 나는
사랑보다는 공의의 하나님
부르짖고 갈망했지만

지나온 세월 되새김질해 보니

공의가 사랑보다 크면

사람들은 다 죽을 수밖에

하나님 공의는

크고 크신 사랑 중

단 1%나 되려나

나머지는 다 그분의

크고도 크신 사랑으로

감싸고 덮어 주고 어루만져 주고

계신다는 사실을

나는 왜 그 당시에는

몰랐을까?

* 꿈속 풍경과 사건을 보고 깨어나서 쓴 글

하늘빛 평화 담은 소녀

공존

햇살 먼발치에 서 있던 나는
그늘이 좋은 줄로만
알았었다

찬란한 햇빛은
다른 이의 소유물
내 소유지는
바로 이곳, 음지 바른 땅

나는 나의 어둠의 날개를 펼쳐
더 크고 어두운 그늘을
만들어 왔다
나의 아름다움은 어두움
어두운 그늘이 나의 쉴 곳

그런데 어느 날
더 크고 아름다운 빛의 날개가
나의 어두운 날개를

뒤덮기 시작했다

어쩌면!!

날개 밑이

어두운 그늘이 아니라

빛일까?

그것은 모순이었다!!

그런데도 그 날개 그늘은

경이롭게도 어둠이 아닌

금빛 찬란한 빛이었다

그의 몸에서

빛 가루가 쏟아져 내리는 것만 같았다

어둠과 빛은 하나가 되었다

세상에는 빛과 어둠이 공존할 수 없는 법

빛이 오면 어둠이 물러가고

어둠이 빛보다 강하면

하늘빛 평화 담은 소녀

어둠이 빛을 삼켜 버리는 법

그러나 이제는 분명
빛과 어두움이 공존한다
선명한 명암대비를 이루며

그는 나의 날개를
찢어 버리지 않았다
약육강식의 세계에서
약한 자의 날개는
갈가리 찢겨 나가는 법

그러나 그는, 나의 날개를
갈가리 찢어 버리는 대신에
포근히 감싸 주었다
평화로이 덮어 주었다

세상의 논리와 이치를

거슬러 일어난

단 하나의 기적!!

어둠과 빛의 공존

그늘과 태양의 조우

난 그런 기적을 체험하고 있다

하늘빛 평화 담은 소녀

너무, 나무

너무 알고 싶었고

알게 되었기에

미련과 증오 원망이 사라져 간다

나무 같은 사람이 되고 싶다

커다란 쉴 그늘을 만들어 주는

물과 불

우리는 물과 불로서

만나자

물은 불을 꺼뜨리고

불은 물을 핥아 버린다

할지라도

이 세상에는

물도 필요하고

불도 필요하다

세상에 꼭 필요한

두 존재가

상극으로서 만난다

그러나

물이 없다면

불은 누가 잠재울 것이며

불이 없다면

하늘빛 평화 담은 소녀

물은 누가 따뜻하게

덥히겠는가

서로가 서로를

제압하지만

서로가 서로를

돕는 관계

서로는 서로를

필요로 한다

강인한 두 존재의 만남

때로는

그 둘의 결합이

소멸을 불러온다

할지라도

나는 물이고

너는 불이다

우리는 서로가 아니면

그만큼 서로를 잘 알 수가 없다

우리는 상극이기에

온전한 결합이

불가능해 보인다

그러나 서로를 갈망한다

너는 불

나는 물

서로는 서로에게 먹힐 수도

도울 수도 있는 존재

이 세상을

시원케 하고

따뜻하게 하는

존재 둘

하늘빛 평화 담은 소녀

둘 중

그 어느 하나라도

불필요한 존재는

없었다

제2부

치유와 만남

꿈 이야기

꿈이 나에게 말을 걸어왔다
나는 그 꿈에게
손을 내밀어 악수를 청했다

꿈과 나는
황홀한 춤을 추었다
세상에 다시없을
그런 춤이었다

매일 밤 꿈꾼다
꿈이
그저 그런 꿈으로
소멸되지 않도록

정성스레 기록한다
어느 날 그 꿈들이
하늘로 올라가
황홀한 폭죽을

터뜨렸다

하늘은
일곱 빛깔
무지갯빛으로
물들었다

무지개다리를 타고
내 꿈들이
하늘로 올라가는 광경을
나는 보았다

라파엘

당신을 만난 것이
이 세상 최대의
행복입니다

아무런 의미도
아무런 이유도
모른 채
터덜터덜 "그냥 가" 소리를 따라
충현교회로 향했던
그 발걸음을 기억합니다

싸우라는 소리에
벌벌 떨면서도
용기를 내어서 싸웠다가
참담한 결과만을 안고선
쫓겨났던 지난 세월을
기억합니다

하늘빛 평화 담은 소녀

그 모진 세월을 견뎌 내고
당신을 만나기를 갈망한 지
십 년 만에 당신이 오셨습니다

당신은 제가 의문을 품었던
그 모든 것들을
풀어 나가 주시기
시작하였습니다

그때의 희열이란!
그때의 감격이란!

그렇기에 나는
세상의 행복을 바라기보다는
당신으로 인한
행복을 바랍니다

당신은 나의 모든 것입니다

당신 없는 삶을

난 더 이상 꿈꿀 수가 없습니다

당신을 위해서라면

난 모든 것을 버릴 수도

있습니다

아, 주님!

나의 주인이시여!

당신으로 인한 희열이

당신으로 인한 황홀이

이 세상 최대치의 행복이나

이 세상 최대치의 기쁨보다

더 큰 행복과 기쁨을

맛보게 합니다

나는

당신에 의한

당신으로 인한

하늘빛 평화 담은 소녀

당신을 위한 길들을

헤쳐 나갈 것입니다

비록 두려워도

당신이 그 길을 원하신다면

기꺼이 가겠습니다

당신은

내 영혼의 반쪽

내 영원의 전부이시기에

여호와 라파

이 하루도 충만하게 채우소서
고요한 기쁨과 평화에
내 마음이 잠식당하도록

상그러운 여름날의
한복판을 지나며
내 영혼의 모국어가
당신의 사랑 한가운데를
관통하도록

나의 그릇만을
채우는 것이 아니라
내 분량의 은혜가
주변인들에게까지
흘러 차고 넘치도록

빛이 없어도
빛을 노래하며

하늘빛 평화 담은 소녀

들어주는 이 없어도
들릴 때까지
언어의 실을 자아내는
인고의 순간을 지나

빛 되어 찾아오신
당신을 만납니다

어두운 날의 음성을 따라
더듬더듬 헤매던 나를
건져 올리신 당신의 이름을
나는 기억합니다

여호와 라파
나의 주 나의 당신이여

당신의 이름이
나의 노래가 되었으니

일평생 당신을 위한

노래를 부르도록

나를 이끌어 가 주소서

하늘빛 평화 담은 소녀

증명

예수는

그분의 삶으로

자신을 하나씩

증명해 나가셨다

자신이

하나님의 아들임을

믿지 않는 사람들

신성모독이라고

비난하는 사람들을

상대하면서

살아서는

가난한 자 병든 자들의

친구이자 의사로

천국 복음을 선포하는

랍비로서

죽어서는

사단의 권세를

결박하는 왕으로서

자신을 던지셨다

부활 이후로는

구원의 문을

활짝 열어 놓으시고는

승천

많은 제자들에게

보이셨다

그 이후에는

심판과 재림이

기다리고 있다

나도,

나의 삶으로써

그분을 증명해 나가야

하리라

성육신하셨던,

심판과 재림의 주님을

맞이하기 위하여

사흘 만에

저 마귀는
비웃었을 것이다
승리의 함성을
내질렀을 것이다

우리 주님께서
운명하시던
그 순간에

하늘이 찢어지고
땅이 울었다
저 마귀만이
승리의 미소를 지었다

하루가 지났다
이틀이 지났다
사흘째,
무덤은 비었다

어둠의 삼 일

침묵의 삼 일

무덤에서의 사흘

마귀가

승리의 깃발을 꽂았던

그 시간

그러나 사흘 만에

우리 주는 살아나셨다!!

어둠의 권세 깨치고

주는 살아나셨다!!

하늘이 열리고

우리의 구원의 문이

열린 기쁜 날

마귀의 정수리를

깨뜨린 날

죽음의 삼 일이 있었기에
부활의 기쁨이 있다
어둠의 삼 일이 있었기에
빛의 환희를 경험한다

사흘의 잠자던 시간
그 시간은
하늘 역사에
영원히 기록되리

그 시간이 있기에,
부활의 기쁨을 맛본다
주님 살아나심
만끽해 본다

사흘 만에 살아나신
우리 주님께
경배의 노래 올린다

하늘빛 평화 담은 소녀

제사

몸을 정결하게 하기 전에
마음을 먼저 정갈하게 하고
하늘 향해 제사를 올린다

그것은 성스러운 제반 의식
하늘과 땅을 이어 주는 기도문
하늘에서 메이면
땅에서도 메이고
하늘에서 풀리면
땅에서도 풀리리라

그렇기에 올리는 기도
하늘 향해
내 마음의 향을
올린다

애처로운 음성들은
애처로운 감정들에

치유와 만남

잇닿아 있을 터
꿈은 하늘의 비밀을
품고 있을 터

잠자고 있던 자는
이제 깨어나야 하리
큰 왕의 부름에
응하기 위하여

하늘빛 평화 담은 소녀

가야금

열두 줄의 현이
제 몸을 떨며 내는 소리
우리는 그 울음에
전율하곤 한다

제 몸을 녹여
세상을 밝히는 초처럼
제 몸을 갈아 가며
글을 쓰는 연필처럼

제 몸 하나
제물로 바치지 않고
세상을 감동시키는 일이
그 어디 있으랴

부드러운 사람의 손길에 맞춰
제 몸을 흐느껴 우는
가야금 소리

옛 추억과 깊은 상념을

이끌어 내는 그 운율은

내가 울며 지나간 그 길이

누군가에게는

음악이 될 수 있음을

이야기가 될 수 있음을

빛이 될 수 있음을

다시금 되새기게 한다

하늘빛 평화 담은 소녀

하늘 문

하늘 문 향해
노크를 한다
기나긴 시절
오직 하늘을 향해
달음박질쳐 왔다
나의 소망은
하늘에 있으므로

오늘도 하늘 문이 열린다
말씀이 내려온다
성령의 빛도
함께 쏟아져 내린다
하늘 보며 살아왔던 세월에
후회는 없다

내가 약하면
그분이 붙들어 주시고
내가 강하면

그분은 더 강한 팔로

나를 이끌어 내신다

약할 때나 강할 때나

그분은 때로는 부드럽게

때로는 넘치는 카리스마로

나를 통제하고 통치하고

인도해 오셨음을 안다

그분의 통제는

구속이 아니요 보호이며

그분의 통치는

위엄 있는 왕의 통치였다

왕이 오셨으니

자리를 내어 드린다

내가 존귀한 것

그분이 존귀케 하셨으므로

하늘빛 평화 담은 소녀

가능했던 일

왕은 왕의 자리에
종은 종의 모습으로
그러나 왕께서
종의 모습으로 내려오시사
내 발을 닦아 주셨으니
나는 옥합을 깨뜨려
그분의 발을
눈물로 씻으리라

오늘의 기도문

오늘을 살아갈
지혜와 용기를 주시니
감사드립니다

위축된 자에게는
담대함을,
마음이 가난한 자에게는
온전한 손길을 내밀도록
관용을 허락하여 주소서

심령이 가난한 자는
복이 있다고 했으며
의에 주리고 목이 마른 자는
배부를 것이라고 했으니

우리에게
육의 양식의 주림이 아니라
영혼을 사랑하는 갈망에

주리도록 허락하여 주소서

나는 나이지만
홀로 살아갈 수는 없는
작고 연약한 존재입니다
그러나 전체는
부분의 합보다 크다는
진리를 깨닫게 하여 주소서

오늘을 살아가는 데 있어서
나 자신의 안위만을
도모하며 살지 않게 하옵시며
없는 일상 속에서도
여유를 만들 줄 아는 사람
되게 하여 주소서

함께 가는 길
홀로 가는 길보다

복되게 하시어

나눔의 축복이

움켜쥠의 독백보다

복됨을 느끼게 하여 주소서

하늘빛 평화 담은 소녀

마음의 선물

새들이 노래하면
내 마음도 함께
노래를 부른다

아침에 울리는 새의
울음소리는
내 마음과 자연 만물 사이의
진한 공명

그 공명과 파동은
하늘로 향해
하늘과 잇닿아
주를 찬양하는 마음

오늘은 마음 깊은 곳에서
하늘 곡조가 흘러나왔으면
좋겠다
깊은 마음속 희열은

그분이 주신 선물이기에

내가 웃는 이유

내가 사는 이유

다 그분이 덤으로 주신

선물이기에

삶,

하늘빛 평화 담은 소녀

햇살 한 줌

겨울 한파를 뚫고선

햇살 한 줌

내 머리 위에

비춘다

추위 속에서도

햇살은 어쩜 그리도

따사로울까

겨울의 맹추위와

햇살의 따스함이

공존한다

그 햇살로 인하여

그 한 줌의 따사로움이

내게로 파고든다

추운 세상 속

그 어느 누군가는

빛으로 내게

다가오셨듯이…

꽃샘추위

추운 겨울의 끝자락
봄이 찾아온 듯하였다
따사로워진 바람에
여미었던 옷깃을
느슨하게 하고
잠시 잠깐이나마
봄의 앞선 향기를
코끝으로 더듬어 보았다

그러다 갑자기 찾아온
꽃샘추위
꽃을 시샘하여 찾아온
추위라 하여 붙여진
그 이름
문득 내가 한 떨기의
꽃이 된 기분이 들었다

욥의 클라이맥스

마지막 장처럼

하나님을 대면하여

만났다고 생각했었다

귀로만 들었던 하나님을

눈으로 보았을 때의

그 감격과 전율이란

그러나 나에게도

다시금 반짝 추위가

찾아온 게다

다시금 시작된 몸의 질병에

고난 끝 행복 시작이라

생각하여 들떠 있던 마음이

착 가라앉는다

꽃의 개화를 시샘하여

바람이 차다

행복을 시샘하는

시련의 바람이 매섭기도 하다

그럼에도 불구하고
봄은 찾아오리라
매서운 칼바람이
승리할 것 같지만
종국에는 따사로운 햇살이
승리의 미소를 짓는걸

겸허함과 겸비함으로
다시금 엎드린다
비록 한 송이 꽃만큼이나
작고 연약하고 보잘것없는
나이지만

봄, 그 찬란한 단어만큼이나
인고의 겨울이 있었기에
만날 수 있는 그 따사로움!

그 자연의 신비 앞에서

그분의 손길이

어루만지심을 경험하는

작은 인간 한 사람

작은 꽃 한 송이 같은 나

하늘빛 평화 담은 소녀

잎새 하나, 큰 믿음

잎새 하나가
바람의 손가락에 닿자
파르르르 떨린다
이내 팔랑팔랑
땅 아래로 떨어진다

잎새 한 잎에도
그의 손길이 안 미친 곳
하나 없으리라

참새 다섯 마리가
두 앗사리온에
팔리는 것조차도
그분의 개념에서는
잊어버리시는 바 되지
아니하다

머리카락 하나하나도

다 기억될 수가 있다

그분의 셈법에 의하면

우주의 작은 점 하나에 불과한

나의 재능도

그분의 손길을 거쳐 가면

산을 움직일 만한

믿음으로 변모된다

그러므로

의심하지 말라

두려워하지 말아라

근심하지 말아라

나는 그분의 자녀

그분의 손길에 의하여

창조되고

그분의 숨결에 의하여

재창조된

그분의 작품

오늘도

의심 대신 사랑을

두려움 대신 믿음을

근심 대신 신뢰를 가지고

한 걸음 한 걸음

힘차게 내딛어 본다

희망이란

희망이란,
갈증 나는 사막의 한복판
오아시스를 발견하는 것과
같은 것

절망의 수렁 속
갈증 가운데
한 모금의 물

절망이 비록
갈증과 갈등으로
나를 덮쳐도

물 한 줄기
그것의
희망을 생각하며
버티고 또 견딜 수 있었다

하늘빛 평화 담은 소녀

그 사막 속 샘 한 줄기

생명의 원천

생수의 근원

예수 그리스도

미완료 시제

사랑도 사람도
미완료 시제인데도
햇살은 그리도
눈부시고 찬란할 수가 없었다

아직, 완성되지 않은 사랑
완성되지 않은
연약한 사람임에도
어쩌면 이다지도
만물은 눈이 부실까

완성돼야만
아름다울 줄 알았다
완벽해야만
인정받을 줄 알았었다

그러나 연약함에도
부어지는 당신의 사랑은

하늘빛 평화 담은 소녀

쏟아지는 햇살 안에서도

반짝이면서 내게로 다가와

내 손끝을 마음 끝을

어루만지더라

언젠가 고백했었던

피해자의 완성해야 할

미완성의 사랑 이야기

완성하기 위하여

발버둥 쳤던 지난 시절들

완료되지 않아도

미완료된 그 시제,

그 자체만으로도

너무도 아름다워서…

시상이, 시제가,

하늘에서 쏟아져 내려

오늘도

햇살이 그 자리에,

그리도 반짝이고 있었다…

라는 미완료의 끝맺음.

하나님의 눈물

비가 오는 날이면
하늘이 눈물을 흘리는 것 같다
주룩주룩 주르륵
슬픈 그만의 언어로써
비통한 그만의 몸짓 언어를
땅 나라 사람들에게
내보이는 것만 같았다

누가 그리도 슬픈 것일까
왜 그리도 슬픈 걸까
땅 나라 사람들의
추악한 모습들에
하늘이 슬픈 것일까

부정, 부패, 비리
가난, 소외, 고독, 외로움
울 일은 너무나도 많았다
비애에 젖을 일도

너무나 세상천지였다

그러나
인간의 눈물이 인간의 마음을
정화시켜 주듯,
하나님의 눈물도
세상을 깨끗하게
청소시켜 주기를
빌고 또 빌었다

하늘빛 평화 담은 소녀

때를 위한 기도문

주여,
때가 되었나이다
당신께서 예비하신
아버지의 날들이 다가옵니다

주께서
십자가를 앞에 두시고서는
간절히 기도하셨던 것처럼
나도 나의 때를 위하여
간절히 기도합니다

핏방울 섞인 피맺힌 기도가
영광의 십자가와
환희의 부활을
이끌어 내었듯이

나의 때도
주님의 때와 같게 하소서

바라옵기는

고난의 짐을 짊어질지언정

그 끝이 부활의 환희 되게 하시옵고

여름의 불더위 지난

곡식과 과일들이

가을에 열매 맺듯이

우리 가정에도

오곡백과 풍성케 하옵소서

때와 기한은

오직 아버지께서 아시오매

당신의 카이로스의 시간

내게도 허락하사

당신의 은혜 당신의 영광

함께 누리게 하옵소서

아멘!!

* 모든 일에는 때가 있고,

　모든 사람들은 다 때가 있다고

그때 그 시절에 대한, 그분의 응답

눈물을 잔뜩 머금은

습윤한 눈가

나의 눈물을 먹 삼아

너에게 편지를 띄운다

그녀의 눈물은 흐르고 흘러

커다란 강이 되었고

그의 눈물은 흐르고 흘러

짜디짠 바다가 되었노라

나의 간절한 바람을 엽서 삼아

너에게 편지를 보낸다

불어오는 큰바람이 우체부 되어

그 소식 전하노니

그의 귀뿐만 아니라

전 세계만방에 그 소식 퍼지노라

이보다 큰바람이 오리니…

　　　　　　하늘빛 평화 담은 소녀

곧 성령의 새 소식 새바람

그의 손 편지

전 세계 속에서 큰비의 소식이 있을 것

제3부

일상과 만남

반짝이는 시간들, 시간의 별꽃

하루하루를

의미 깊게 보내고 싶다

그저 그렇게 소멸되는

하루가 아니라

투명한 유리병 속에 넣어도

시릴 만큼 반짝이도록

반짝이는 보석을 발견했다면

반짝일 사람들의 눈은

시간의 반짝임을

알아볼 수가 있을까

나는 그 반짝임을 붙잡고 싶다

찰나의 순간

그 순간의 아름다움을 붙잡는

유희

고운 손끝으로 추는

아름다운 춤사위의 군무마냥

하늘빛 평화 담은 소녀

그렇게 시간을 붙좇아 가고 싶다

오늘 하루는 신이 준 선물
어제 죽어 간 이가
그리도 애타게 그렸을 오늘
그 오늘을
시간의 별들로 채워 나가고 싶다
시간의 꽃으로 수놓고 싶다

하늘과 땅이 아닌
나의 마음속에
찬란한 빛으로
피어날 수 있도록
어두운 밤이면
내 마음속 길잡이가 되어
혼탁한 세상 속 향기를
바람 끝으로나마
전달할 수 있도록

오늘 하루

오늘 하루라는
귀한 선물을 받았습니다
소중한 보석 상자를 열듯이
하루를 조심스레
열어 봅니다

어제는 이미 지나간
과거의 영역
내일은 아직 도래하지 않은
신들의 영역
나에게는 오늘만이
선물로 주어집니다

비록 어제는 실패했더라도
내일은 미지의 영역에 대한
막연한 불안감이
자리 잡을지라도
오늘 하루만큼은

하늘빛 평화 담은 소녀

기대감을 가지고

힘차게 출발해 봅니다

매일매일을

새로운 마음으로 다잡고

날마다 신선하게

새로운 출발입니다

산다는 것의 역동성

살아 있다는 것의
역동성에 대하여
논한다

그것은
다음 날 아침이 도래하는 것이
비록 싫었다 하더라도
다시금 날이 밝아 옴과 동시에
몸을 일으키는 힘

잡초가 밟히고 밟히더라도
다시 바람에 몸을 일으키듯
무성하게 돋아나
그 생명력을 과시하는 행위

그리도 역경에도 고난에도
굴하지 않고
삶을 덤덤하게 받아들이는 것

무던하게 하루를 살아 내는 것

역동성이란,

움직이는 것

죽어 있는 조화가 아닌

살아 있는 잡초 그 자체

예쁜 인형마냥

항시 방싯방싯 미소 띠지

않는다 해도

짜증 내고 화를 내고

먹고 자고 일어나는,

삶을 포기하지 않는

모든 행위

비록 더럽고 치사한 것

그것이 삶의 음영일지라도,

새 직장 적응기

새로운 직장에 갔다
근무시간이 늘었다
일주일이 참 느리게 간다

한량 시절에는
일주일이 순식간에
빛의 속도로 흘러갔는데
직장 생활을 하니
시간이 거북이걸음
느릿느릿 지나간다

숨겨 놓았던 시간들을
구석구석 찾아 쓰는 이 기분
백수 시절은
시간을 물 쓰듯이 펑펑
흘려보냈다면
이제는 "시간은 돈이다"를 체감한다

평균 7~9시간을

꼬박 책상머리에

앉아서 보낸다

분초가 집중과 긴장의 연속

그래도 아이들을

가르치는 시간만큼은

즐겁고 재미지다

몸은 결국은

환경에 적응한다던데

새로운 직장도

이내 적응하겠지요?

몸이 습관에 맡겨

흐르게 될 시점을

기다린다

결국은 이 또한

즐거운 보람이자 추억

되기를 바라면서!

하늘빛 평화 담은 소녀

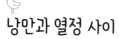

낭만과 열정 사이

차가운 바람이 코끝을 스친다
차가운 낭만을 느낄 새도 없이
발걸음은 출근길에 오른다

뜨거운 열정과
차가운 낭만에 대하여
생각해 본다
냉정과 열정 사이마냥
얼음을 띄운 핫 아메리카노마냥

생업에 대한 굴레는
군상들을
뜨거운 열정과
차가운 낭만으로
동시에 인도한다

요즘 사람들 참 쿨하다
온라인 아니면 만날 수 없는

만남이 부지기수

그러나 그 안에서

왜인지 모를

낭만과 온기를 느낀다

비록 그것이 껍데기뿐인

쇼윈도식 낭만일지라도

자신의 화려함을

SNS에 단 몇 번의 클릭으로

전시한 뒤

총총걸음으로 일터로

향하는 사람들

그리고 거기서

열정 페이라는 명목하에

뜨거운 열정을 불사른다

만날 수 없지만 만나고 있는

하늘빛 평화 담은 소녀

사람들의 차가운 낭만

만나고 있지만

실인즉 만나고 있지 않은

사람들의 뜨거운 열정

이 둘이 만나

뜨거운 아메리카노에

동동 띄운 차가운 얼음마냥

둥둥 뜬다

익숙해진다

이러한 일상에도

차가움과 뜨거움이 공존하는

양면성의 사람들

마치, 냉정과 열정 사이마냥…

삶을 누리는 것

아침 햇살의 따사로움에
내 마음도 따뜻해지는 것
창문을 열고선
그 새들의 소리가
내 영혼의 노래로 흐르는 것

출근길에 피어난 꽃 한 송이
내 마음속에 옮겨 심어 보는 것
지하철의 사람들 속에서도
군중 속의 고독이 아닌
젊음의 생동감을 느끼는 것

상사와 학부모의 질책에도
너무 위축되지는 않는 것
내가 맡은 아이들과
마음의 교감을 나누는 것

식사 속의 달콤함 속에서

노동의 값짐을 느끼는 것

퇴근 속의 노곤함에도

편안한 잠자리가

기다리고 있음에

힘을 내어 보는 것

하루를 마무리하는 시점에서

내일의 걱정은

내일이 하게 미루어 두고

단꿈 속에 빠져드는 것

꿈속에서도

그분의 섭리하심을

느끼는 것

이것이 내게 주어진

삶을 누리는 것

내가 누리는 인생

그 모든 것이 은혜였어라

아버지와 새벽 약수터

가을, 그 차가운 공기
이제는 공기의 결이
바뀌어졌음이
피부로 실감된다

차가운 그 서늘함
문득 어린 시절
아버지와 언니와 다니던
새벽 약수터가 생각난다

그 어린 초등학교 시절
졸린 눈을 비비며 일어나 출발했던
새벽의 수락산 약수터

새벽인데도
참 사람들이 많았었다
그때는
어느 기도원에서 받았다던

하늘빛 평화 담은 소녀

능력의 파란색 생수 통이

대유행

졸졸졸 흐르는 약수는

페트병을 거꾸로 자른

플라스틱 깔때기를 거쳐서

아버지의 약수통으로

들어가곤 했었다

새벽의 그 차가운 공기란!

새벽의 그 차갑고도 시원하던

약수 물맛이란!

새벽에 받는 산의 정기와 함께

나는 성장하고 있었던 듯싶다

이제는 더이상 새벽에

일어날 필요가 없다

늦은 출근과 늦은 퇴근에

나의 시곗바늘은

한 단계 뒤로 후퇴했다

그러나 그때 그 시절

졸음을 흔들며

깨웠던 새벽이 있기에

지금의 내가 견디는 것이 아닐까

싶은 생각이 든다

새벽,

아직 동이 터 오르기 전의

그 어떤 서막과도 같은 시간

대기의 이동이

고요히 일어나는 시간

태양이 기지개를 켜는 그 시간

그 시간의 고요와

그 시간의 부지런함을

하늘빛 평화 담은 소녀

한 번 맛본 사람들은

인생의 쓴잔도

넉넉히 들이켤 준비가 된

사람들이 아닐까

새벽 약수터의 물을 맛보며

나는 어쩌면

인생의 서막을 맛보았는지도

모를 일이다

새벽빛 벚꽃

새벽에 피어 있는
벚꽃들은
왠지 모르게
새벽빛이 감도는 듯하다

새벽에도
빛깔이라는 것이 있을까
어스름과 동터 오름이
한데 어우러져서 만들어 내는
그 빛깔의 이름은
어우러짐

이른 새벽
졸린 눈을 비비며 일어나
출근하고 등교하는
직장인들과 학생들의
그 새벽 빛깔은
바지런함

하늘빛 평화 담은 소녀

벚꽃도 그들의 마음을

알았는지

새벽 빛깔로 피어오르고 있다

벚꽃에 눈 맞춤을 하며

새벽길을 나선 나도

오늘은

새벽빛 사람 되어

그 벚꽃 잎에 물들어 간다

개미와 베짱이

곧 겨울이 올 것이다
비록 지금은
가을의 입새이지만

곧 추워질 것이다
이제 막 여름이 지나가고
선선한 바람이 불어오는 것
같지만

달력의 한 장을 넘기는 속도는
유수와도 같이 빠르기에
가을을 만끽하면서도
도래할 겨울을 준비해야 한다

인생의 한파가 들이닥칠 때
나는 무엇으로
나를 덥힐 수 있을 텐가

하늘빛 평화 담은 소녀

겨울은 언제인가

인생의 황혼기?

인생의 혹한기?

계절의 규칙적인 흐름만큼이나

인생의 혹한기도

예측 가능하면 좋겠지마는

나는 나의 인생의 혹한이

언제 불어닥칠 줄 모른다

그러기에 개미의 지혜를

배워야 하는지도 모르겠다

베짱이족이 각광을 받는

세대이다

놀고 노는 한탕주의와

인기에 영합하여

피날레를 날리는

대중매체의 흐름에서는

왠지 개미족은 비참하고도

어리석어 보인다

어쩌면 금수저는

평생 베짱이족의 삶을 영위하고

흙수저는

평생 개미처럼 살아 내도

베짱이족의 유흥을

따라잡을 수 없을지도 모른다

그럼에도 불구하고

베짱이족처럼

노래만 부를 수는 없는 것이

우리네 현실

나는 나의 겨울을

준비하련다

하늘빛 평화 담은 소녀

베짱이족의 노래가 비록

유혹으로 다가온다 할지라도

듣는 것을 다 내 것인 양

부러워하지는 않으리라

I am on my way

나는 내 길을 가련다

I am beyond my way의

그날을 기다리며…

새벽 단상

비가 지나간 자리에서
숲의 냄새가 난다
나무의 진액들이
씻겨져 내려 풍겨 나오는
그만의 고유의 향내

문득 나의 진액은
어떤 향내를 품고 있을까
생각해 보게 되는
새벽의 이슬과도 같은 미명

어슴푸레 밝아 오는
아침의 기운과
희뿌연 안개가 뒤섞여
복잡한 우리네의 심경을
대변한다

밝아 오는 미래를

하늘빛 평화 담은 소녀

바라보면서도
혼돈의 시절은
아직 온전히
뒤안길로 물러가지는
않았음에

음과 양이 섞인다
조화로움은
명명백백히도 구획화되는
현상이 아니라
어슴푸레 밝아 오는 미명과
희뿌연 안개마냥

파스텔톤의 짓뭉개짐인지도
모르겠다
허나 그 모호한 경계선마냥
서로의 기운이
흐르고 흘러 섞이고 섞여

조화과 통일성을

이루어 가고 있는 것은 아닐까

아직, 밝지 않은 새벽

아직은 도래하지 않은 미래

안개의 모호함과도 같은

그 막연한 현상 속에서도

진리는 찬란한 아침의 빛으로

동터 오를 것임을 믿어 본다

빗방울의 여행

창문에 방울방울 맺혀 있다
빗방울 알갱이
세상 구경 나온 빗방울들
집 안 구경을 하고 싶었나 보다
내 집 방 안을
빼꼼히 들여다본다

제아무리 빗방울이라지만
바닥으로 바로 떨어지기는
싫다
최대한 오래도록
창문에 제 얼굴을 부비며
집 안 풍경을
기억 속에 담는다

차가운 빗방울에
따스한 마음이 스며든다
따뜻한 방 안의 온기가

투명한 유리창을 통해

전해진다

그 온기

마음속에 담고는

빗방울은 새로운 여행을

준비한다

도약을 위한 추락을

빗방울은

아래로 아래로 향하지만

이내 하늘과 함께

날아오를 것이다

세상 풍경 한 자락

기억 속에 마음속에

담아내고선

하늘빛 평화 담은 소녀

언어의 집

오늘도 나는
언어의 집을 짓는다

단단하고 견고한 성으로
건실하게 지었다고 생각했는데
모래성마냥
하루아침에 허물어지기도 하고

위태롭게 유지했다고
생각했는데
꽤나 오랜 시간
버팀목이 되어 주기도 한다

철근도 세우고
시멘트도 발라 가면서
단단하게 지었으면 했는데

작은 어미 새의 둥지마냥

나뭇가지 몇 개

솜털 몇 가닥으로 이루어져

바람이 불면

금세 날아갈 것 같기도 하다

하늘에서 무수히 많은

언어들이 쏟아져 내린다

그 재료를 사용하여

나의 사고관과 가치관을

정립하는 것은

오롯한 나의 몫

수많은 사념들과 생각들 중

온전하게 빛이 나는

나만의 것은

과연 무엇인 걸까

언어의 홍수 시대이다

하늘빛 평화 담은 소녀

넘쳐나는 말들은

그대로

마음속에 박히기도 하고

뇌리에서 떠나지 않기도 한다

그래서 나는

나만의 재료를 엄선해야만 한다

언어의 집이 허물어지면

나의 사고관도 무너지기에

오늘도 작은 어미 새의

움직임마냥

나뭇가지 하나 입에 물고는

작은 날갯짓을 해 본다

나만의 작은 보금자리를

꿈꾸며

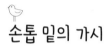

손톱 밑의 가시

사람들은

저마다의 아픔을 안고선

살아갑니다

어떤 사람은

잿빛의 아픔

어떤 사람은

흙빛의 아픔

허나 그중에서도

가장 짙게 아파 보이는 것은

바로 자신의 아픔일 테지요

아무리 나보다 더

아픔이 짙고 커 보이는

사람이 있을지라도

지금 당장은

제 손톱 밑의 가시가

하늘빛 평화 담은 소녀

저기 머나먼 동네의

굶주림보다 앞서는 우리네

오늘도 나는

불평을 했더랬습니다

제 손톱 밑의 가시가

저기 저 우뚝 솟은

남산만큼이나

커 보여서요

그런데도

남의 아픔을 들여다볼

용기는 나지가 않았습니다

이렇게나 이타적인 삶이

어렵고도 어렵습니다

이렇게도 이기적인 나입니다

고장 난 몸속 영혼

째깍째깍 잘 돌아가던
시곗바늘이 점점
느려집니다
힘차게 울리던 자명종 소리가
약을 먹인 듯이
나사가 하나 풀린 소리가
납니다

즐겁게 잘 돌아다니던 육신이
여기저기 욱신욱신
쑤시고 아픕니다
보드랍던 피부가 쓰라리고
진물이 흐릅니다

이제는 가분하게 털고
일어날 수 있을 것만 같은데
영혼은 육신에게 갇혔습니다
정신은 저만치 앞서서

날아가는데
육신은 천근만근 무게로
영혼의 발목을 잡고선
끌어 내립니다

영혼과 육신이
함께 가기 위하여
영혼이 날아가던 날개를
잠시 접고선
무거운 몸뚱어리에
머무릅니다

우리의 육신은 칠십이요
강건하여도 팔십이라고
했습니다
날아가고 싶은 영혼과
무거운 추를 달고선
영혼을 붙잡는 육신의

이인삼각 경기는

계속되고 있습니다

언제가는 영혼이

육신을 작별하고선

진정으로 날아가겠지요

그때까지는 영혼은

육신의 느린 걸음을

맞춰 줘야만 합니다

육신도 조금 더

가뿐해야 합니다

오늘도 나는

영혼과 육신의

이인삼각 경주를

지켜보고만 있습니다

하늘빛 평화 담은 소녀

곰팡이

햇살은 눈이 부신데
나는 웅크려져 있다
눅눅하고 어둡고 축축한
곰팡이마냥

오늘은 곰팡이
묵은 곰팡이처럼
점조직으로
내 하루를 수놓는다
어글리한 자수
한 땀 한 땀으로

하늘에 별 조직으로
반짝이는 별자리
그렇게 하늘의 별이 되어
빛나는 인생 한 자락
되고 싶었건만

어떤 하루는

그저 그런 검은 점조직이다

눅눅하고 습기 차고 먹먹한

눈물 한 방울

소금처럼 흩뿌려

검은 빵을 찍어 먹는 의식

무의식은

어느덧 별자리에 가닿았는데

의식은 검은 곰팡이

어딘가를 맴맴 도는 일상

햇살이여!

그대의 이글이글 불타오르는

붉은 군마를 동원하여

내 내면의 검은 썩은 내까지

태워 버릴 수 있겠는가

그대에게 묻노라

유한 락스 한 줄기면

사그라들 하찮은 곰팡이건만

거대한 햇살의 힘까지

굳이 끌어들여 보는 하루

검은 밤하늘, 별

절망의 수렁 속에

빠져 있을 때

하나둘씩

나에게 작은 위로들이

다가온다

그 누군가는

가짜 보석이라며

지나칠 만한

작은 위안들

그 소소한 일상들이

내게는 반짝이며 다가와

세상의 그 어떠한

진귀한 보석보다도

더 큰 영롱한 빛을

내뿜어 낸다

하늘빛 평화 담은 소녀

어두운 밤하늘

별들이 반짝이며

길동무 되어 주듯이

어두운 내 일상 속

사금 걸러 내듯 건져 낸

일상의 조각조각들

그 조각들이

밤하늘 별이 되어 올라가

하늘을 지킨다

총총거리며

반짝이는 일상 되어

검은 밤하늘 보자기를

수놓는다

아파트의 별들

겨울 저녁
아파트 창문마다
층층이 불이 켜 있다
총총히 빛나는
하나하나의 네모난 별들

불빛이 하나하나
새어 나오는 집들마다
저마다의 사연들
잔뜩 품고선
모락모락 저녁밥을
지어 올린다

밥 짓는 연기
위를 향해 올라가
하늘의 별빛과
잇닿아 있는
아파트의 불빛

　　　　　　　　　하늘빛 평화 담은 소녀

하늘의 별은 총총

아파트의 별은 층층

저마다의 이야기

하얀 성에 되어

네모난 창에

가득 서린 채

저녁 밤이 저문다

창마다 모락모락

이야기꽃 피어나

사각의 창에는

하얀 겨울 눈꽃

피어오른다

그리도 집집마다

하얀 별들을 품고선

저녁 밤이면

이야기 별 밭을

데구루루 구르는

별꽃 천지 되어 간다

하늘빛 평화 담은 소녀

이사 가는 날

밖을 나서니
아침 내음이 난다
고요한 아침의 내음!

이곳에서
아침을 맞이하는 일도
오늘이 마지막

아침부터
이삿짐 아저씨들이
부지런히도 오셨다
포장 테이프 뜯는 소리
짐 나르는 소리

나만의 작은 공간에
침입한 외부인들
이제는 더 이상
나의 공간이 아니겠지

정든 집과의 작별의 아쉬움
새로운 집에 대한 설레임과
낯선 환경에 대한 두려움이
공존하는 시간

오늘은 이사 가는 날이다
새로운 출발의 날
이사 가는 날

하늘빛 평화 담은 소녀

어머니의 봄

어머니들의 마음속에도
다들 소녀 한 명씩은
살고 있습니다

자식이 둘이나 있어도
아직도 마음만은
청춘이에요

이삼십 년 전의 일들이
바로 어제의 일처럼이나
기억에 선명합니다

까르르 웃던 여고생 시절
그 시절들이
눈을 감으면
바로 어제 일처럼이나
기억 속에서 펼쳐진다나요

몸은 무거워졌어도
마음만큼은 가볍게
젊어지고 싶으시겠지요

다 큰 어른이 되어서
엄마와 딸이
소녀와 소녀 되어서
만납니다

서로의 봄을
서로의 마음의 청춘을
응원해 주고만 싶습니다

하늘빛 평화 담은 소녀

하얀 우유

흰 우유를 마시면

흰 수염이 생긴다

흰수염고래처럼

기다란 흰 수염

KFC 할아버지처럼

멋진 흰 수염

하얀 입가를 쓱 닦으니

남아 있는 것은

촉촉한 우유의 감촉

고소한 우유 한 모금에

사라지는 갈증

하얀 우유 속에

흰 수염 꽃 한 다발

그 속에 감춰 둔

하얀 엄마의 마음

개똥

개똥도 약에 쓰려면 없다던
그 개똥
바닥에 두 덩이
덩그러니
나뒹굴고 있다

동화 속 아름다운 이야기
심겨 주었던
강아지 똥
민들레꽃 씨앗만큼이나
아름다운 동심 틔웠다

귀한 아이에게
오래오래 무탈하게 살라고
붙여 주곤 했던 그 이름
개똥이

어이구 우리 똥강아지

했던 우리네 어르신만큼이나

구수한 마음 씀씀이

고향의 풍경 한 자락

소환해 본다

파랑새

나는 나의 행복을
찾아 나설 거야
행복은
작은 풀꽃 하나에도
숨어 있는 법이니까

작은 풀잎 하나
풀벌레 소리
근사한 오케스트라장이
될 수도 있는 것이거든
누군가에게는
하찮은 소음일 테지만

커다란 보석 반지 하나
손가락에 못 끼워도
손가락이 움직이는
춤사위가
나는 나는 더 좋더라

하늘빛 평화 담은 소녀

손가락이 움직일 때마다
불꽃이 점화되는 것
같단 말이지
풀꽃 하나를 보아도
행복의 불꽃은
타오를 수가 있지

작은 불꽃 하나
성화를 점등시키고
그 아래에서
우리는
낭만적인 춤을 추는 거야
우리만의 춤을

행복은 내 곁에
낭만은 여기에
사랑은 온 둘레에
온 누리를 둘러싸고

피어오르고

기쁨은 바로 이곳에

파랑새는 여기에

하늘빛 평화 담은 소녀

숨은 마음의 온기 찾기

오늘은 바람이 따뜻하다
겨울에는
찬 바람이 불어야 마땅한데
웬일인지 오늘의 바람은
따스함을 품고 있다

세상은 각박하다 여겨졌다
날이 선 현실은
차가운 게 당연하다 생각될 만큼
그런데도 가끔씩은,
세상도 온기를 머금고 있었다

내가 칼바람에 맞아
나동그라져 있을 때
어디선가 불어오고는 했던
작지만 따스했던
한 줄기의 바람

그러한 기적 같은 순간들
이러한 나날들이 여지껏
나를 지탱해 주는 힘이
되어 준 것은 아닐는지

세상은 온당하게도
차가운 현실
그러나 가끔씩은
그러한 속에서도 일어나는
동화 속 풍경들 같은
소소한 따스함
작은 기적의 나날들

겨울바람 속 숨겨져 있는
봄바람 같은
그러한 세상 온도 속,
나는 숨은그림찾기를
하고 있다

하늘빛 평화 담은 소녀

마치 태양의 심장 한 조각

손에 쥔 것처럼

숨은 사랑의 마음 퍼즐

한 조각 끼워 맞추면서

태피드폴론

햇살이
나의 정수리에 꽂힌다

햇살이 빛 화살을 쏘았다
저기 저 먼 태양으로부터
내 머리는 과녁이 되었다
머리가 뜨끔하면서도 뜨겁다

태양에서는
빛의 요정들이 살고 있다
요정들은 지구로
쉼 없이 빛의 화살들을
쏘아 댄다
그 화살 중 하나가
내 머리를 관통한 것이다

큐피드가 심장에 화살을 쏘면
사랑에 빠지게 된다고 하던데

머리에 태양의 화살을 맞은 나는,

머리에서 무럭무럭

생각이 자라난다

생각은 태양까지 다다라서

아폴론의 불의 수레를

끌어 본다

오늘은 태양의 요정들에게

이름을 붙여 주고 싶은 날이다

이름을 붙여 준다는 건,

의미를 부여한다는 뜻이니까

태양의 빛과

큐피드의 화살과

아폴론의 수레를 타 본 것에

대한 보답으로

탄생한 이름이다

태피드폴론!

그래 좋아

태양의 요정들이여!

빛의 화살을 쏘는 그대들이여!

그대들의 이름은 앞으로

태피드폴론!

계단 길

계단마다
노란 나뭇잎들이
깔려 있었다
마치 나를 사뿐히
즈려밟고 가라는 듯이

망설이던 나는
이내 천국으로 향하는
계단 길에 올랐다

계단은 비록
하늘에 잇닿아 있지 않지만
내 마음은 벌써
하늘에 잇닿아 가는 중이다

한 걸음 두 걸음
걸어가는 이 길 끝에
천국으로 향하는 문이

나타난다면

얼마나 행복일까?

기대감이 있다면

기나긴 여행길도

피곤치가 않다

목표가 하늘에 잇닿아 있는

사람은…

사랑 한 줌

가슴에 담아 간다

희망 한 움큼

마음에 넣어 챙긴다

나뭇잎들이 신발에

들러붙는다

노란 행복도 발바닥에

달라붙어 동행한다

하늘빛 평화 담은 소녀

시상

오늘도

스쳐 지나가는 생각 하나에

별을 달아 봅니다

그냥 스쳐 지나가면

별똥별

그 생각을 붙잡아

불을 밝히면

하늘의 샛별

반짝반짝 빛나는 생각들로

하늘에 보석을 박아 두고

싶습니다

가만가만

귀 기울이면

생각의 새싹들이

쑥쑥 자라나는 소리들이

들립니다

생각의 새싹들에
물을 주고 꽃을 틔우면
생각의 꽃밭들은
알록달록하게
화려한 옷을 갈아입곤 합니다

하늘에는
밤의 보석들이
반짝반짝
땅에는
꽃의 열매들이
주렁주렁 달립니다

내 생각도
그렇게 달려갑니다
나의 시들은,

하늘빛 평화 담은 소녀

시들었던 마음 땅에

촉촉한

단비 되어 내려오겠지요?